Herr Raumschiff

Philip K. Dick

Writat

Diese Ausgabe erschien im Jahr 2024

ISBN: 9789359940366

Herausgegeben von
Schreiben
E-Mail: info@writat.com

Nach unseren Informationen ist dieses Buch allgemeinfrei.
Dieses Buch ist eine Reproduktion eines bedeutenden historischen Werkes. Alpha
Editions verwendet die beste Technologie, um historische Werke in der gleichen
Weise zu reproduzieren, wie sie erstmals veröffentlicht wurden, um ihre
ursprüngliche Natur zu bewahren. Alle sichtbaren Markierungen oder Zahlen
wurden sorgfältig belassen, um ihre wahre Form zu bewahren.

HERR RAUMSCHIFF

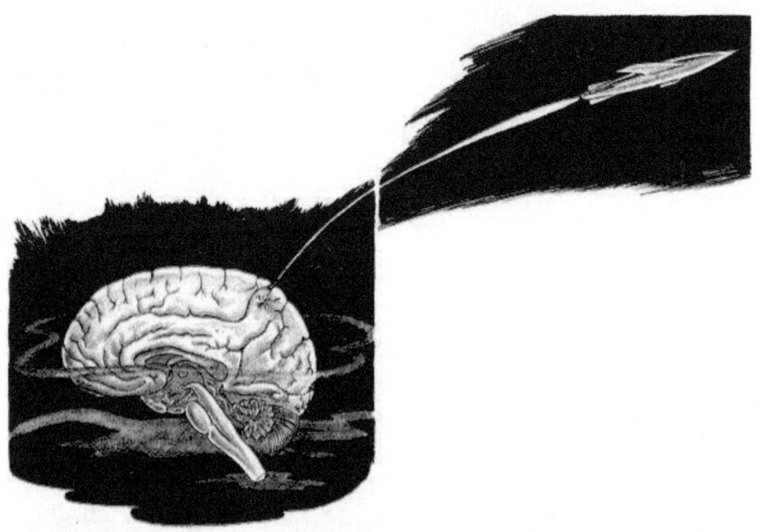

KRAMER lehnte sich zurück. „Sie können die Situation sehen. Wie können wir mit einem solchen Faktor umgehen? Die perfekte Variable."

"Perfekt? Eine Vorhersage sollte weiterhin möglich sein. Ein Lebewesen handelt immer noch aus Notwendigkeit, genau wie unbelebtes Material. Aber die Ursache-Wirkungs-Kette ist subtiler; Es sind noch weitere Faktoren zu berücksichtigen. Ich denke, der Unterschied ist quantitativ. Die Reaktion des lebenden Organismus ähnelt der natürlichen Verursachung, ist jedoch komplexer."

Gross und Kramer blickten zu den an der Wand hängenden, immer noch tropfenden Tafeln hinauf, während die Bilder erstarrten. Kramer zeichnete mit seinem Bleistift eine Linie.

"Siehst du das? Es ist ein Pseudopodium. Sie sind am Leben und bisher eine Waffe, die wir nicht besiegen können. Kein mechanisches System kann damit konkurrieren, egal ob einfach oder kompliziert. Wir müssen die Johnson Control abschaffen und etwas anderes finden."

„In der Zwischenzeit geht der Krieg so weiter, wie er ist. Patt. Schachmatt. Sie können uns nicht erreichen, und wir können ihr lebendes Minenfeld nicht durchbrechen."

Kramer nickte. „Für sie ist es eine perfekte Verteidigung. Aber es könnte immer noch eine Antwort geben."

"Was ist das?"

"Warten Sie eine Minute." Kramer wandte sich an seinen Raketenexperten, der mit den Karten und Dateien saß. „Der schwere Kreuzer, der diese Woche zurückgekehrt ist. Es hat sich nicht wirklich berührt, oder? Es kam nahe, aber es gab keinen Kontakt."

"Richtig." Der Experte nickte. „Die Mine war zwanzig Meilen entfernt. Der Kreuzer befand sich im Weltraumantrieb und bewegte sich direkt auf Proxima zu, natürlich mit Hilfe der Johnson Control. Es war eine Viertelstunde zuvor aus unbekannten Gründen abgelenkt worden. Später nahm es seinen Lauf wieder auf. Da haben sie es verstanden."

„Es hat sich verändert", sagte Kramer. "Aber nicht genug. Die Mine kam hinter ihr her. Es ist die gleiche alte Geschichte, aber ich wundere mich über den Kontakt."

„Hier ist unsere Theorie", sagte der Experte. „Wir suchen ständig nach Kontakt, einem Auslöser im Pseudopodium. Aber wahrscheinlicher ist, dass wir Zeuge eines psychologischen Phänomens sind, einer Entscheidung ohne physischen Zusammenhang. Wir halten Ausschau nach etwas, das nicht da ist. Die Mine *beschließt*, zu sprengen. Es sieht unser Schiff, nähert sich und entscheidet dann."

"Danke." Kramer wandte sich an Gross. „Nun, das bestätigt, was ich sage. Wie kann ein von automatischen Relais gesteuertes Schiff einer Mine entkommen, die explodiert? Die ganze Theorie der Minendurchdringung besteht darin, dass man vermeiden muss, den Abzug auszulösen. Aber hier ist der Auslöser ein Geisteszustand in einer komplizierten, entwickelten Lebensform."

„Der Gürtel ist fünfzigtausend Meilen tief", fügte Gross hinzu. „Es löst ein weiteres Problem für sie: Reparatur und Wartung. Die verdammten Dinger vermehren sich, füllen die Räume, indem sie in sie hineinspawnen. Ich frage mich, wovon sie sich ernähren?"

„Wahrscheinlich die Überreste unserer ersten Linie. Die großen Kreuzer müssen eine Delikatesse sein. Es ist ein kluges Spiel zwischen einem Lebewesen und einem Schiff, das von automatischen Relais gesteuert wird. Das Schiff verliert immer." Kramer öffnete einen Ordner. „Ich werde Ihnen sagen, was ich vorschlage."

„Mach weiter", sagte Gross. „Ich habe heute schon zehn Lösungen gehört. Welches ist deines?"

„Meins ist sehr einfach. Diese Kreaturen sind jedem mechanischen System überlegen, aber nur, weil sie leben. Fast jede andere Lebensform könnte mit ihnen konkurrieren, jede höhere Lebensform. Wenn die Idioten lebende Minen legen können, um ihre Planeten zu schützen, sollten wir in der Lage sein, einige unserer eigenen Lebensformen auf ähnliche Weise zu nutzen. Nutzen wir selbst die gleiche Waffe."

„Welche Lebensform schlagen Sie vor?"

„Ich denke, das menschliche Gehirn ist die beweglichste aller bekannten Lebewesen. Kennen Sie etwas Besseres?"

„Aber kein Mensch kann einer Reise ins All standhalten. Ein menschlicher Pilot wäre an Herzversagen gestorben, lange bevor das Schiff auch nur in die Nähe von Proxima gelangte."

„Aber wir brauchen nicht den ganzen Körper", sagte Kramer. „Wir brauchen nur das Gehirn."

"Was?"

„Das Problem besteht darin, eine Person mit hoher Intelligenz zu finden, die einen Beitrag leistet, genauso wie Augen und Arme freiwillig zur Verfügung gestellt werden."

„Aber ein Gehirn…"

„Technisch gesehen wäre es machbar. Gehirne wurden mehrmals übertragen, wenn die Zerstörung des Körpers dies erforderte. Natürlich ist ein Raumschiff, ein schwerer Weltraumkreuzer, statt eines künstlichen Körpers, das ist neu."

Der Raum war still.

„Das ist eine ziemliche Idee", sagte Gross langsam. Sein schweres, quadratisches Gesicht verzog sich. „Aber selbst wenn es funktionieren könnte, ist die große Frage, *wessen* Gehirn?"

ES war alles sehr verwirrend, die Gründe für den Krieg, die Natur des Feindes. Die Yucconae waren auf einem der Außenplaneten von Proxima Centauri kontaktiert worden. Als sich das terranische Schiff näherte, hob sich plötzlich eine Schar dunkler, schlanker Bleistifte und schoss in die Ferne. Die erste echte Begegnung fand zwischen drei der Yuk-Bleistifte und einem einzelnen Erkundungsschiff von Terra statt. Kein Terraner überlebte. Danach war alles ein Krieg ohne Grenzen.

Beide Seiten errichteten fieberhaft Verteidigungsringe um ihre Systeme. Von beiden war der Yucconae-Gürtel der bessere. Der Ring um Proxima war ein lebendiger Ring, der alles übertraf, was Terra dagegen werfen konnte. Die Standardausrüstung, mit der terranische Schiffe im Weltraum gesteuert wurden, die Johnson Control, war nicht ausreichend. Es war etwas mehr nötig. Automatische Relais waren nicht gut genug.

„Überhaupt nicht gut", dachte Kramer bei sich, als er den Hang hinunterblickte und auf die Arbeit blickte, die unter ihm vor sich ging. Ein warmer Wind wehte über den Hügel und ließ das Unkraut und das Gras rascheln. Unten im Tal waren die Mechaniker fast fertig; Die letzten Elemente des Reflexsystems waren vom Schiff entfernt und in einer Kiste untergebracht worden.

Jetzt fehlte nur noch der neue Kern, der neue Zentralschlüssel, der das mechanische System ersetzen sollte. Ein menschliches Gehirn, das Gehirn eines intelligenten, vorsichtigen Menschen. Aber würde sich der Mensch davon trennen? Das war das Problem.

Kramer drehte sich um. Auf der Straße kamen ihm zwei Personen entgegen, ein Mann und eine Frau. Der Mann war grob, ausdruckslos, untersetzt und ging würdevoll. Die Frau war – Er starrte sie überrascht und zunehmend verärgert an. Es war Dolores, seine Frau. Seit sie sich getrennt hatten, hatte er wenig von ihr gesehen …

„Kramer", sagte Gross. „Schau, wem ich begegnet bin. Komm mit uns wieder runter. Wir gehen in die Stadt."

„Hallo, Phil", sagte Dolores. „Na, bist du nicht froh, mich zu sehen?"

Er nickte. "Wie geht es dir? Du siehst gut aus." Sie war immer noch hübsch und schlank in ihrer Uniform, dem Blaugrau der Internen Sicherheit, der Organisation von Gross.

"Danke." Sie lächelte. „Dir scheint es auch gut zu gehen. Commander Gross sagt mir, dass Sie für dieses Projekt verantwortlich sind, Operationsleiter, wie sie es nennen. Für wessen Kopf hast du dich entschieden?"

"Das ist das Problem." Kramer zündete sich eine Zigarette an. „Dieses Schiff soll mit einem menschlichen Gehirn anstelle des Johnson-Systems ausgestattet werden. Wir haben spezielle Entwässerungsbäder für das Gehirn gebaut, elektronische Relais, um die Impulse aufzufangen und zu verstärken, einen kontinuierlichen Ernährungskanal, der die lebenden Zellen mit allem versorgt, was sie brauchen. Aber-"

„Aber wir haben immer noch nicht das Gehirn selbst", schloss Gross. Sie gingen zurück zum Auto. „Wenn wir das schaffen, sind wir für die Tests bereit."

„Wird das Gehirn am Leben bleiben?" fragte Dolores. „Wird es tatsächlich als Teil des Schiffes leben?"

„Es wird lebendig sein, aber nicht bei Bewusstsein. Sehr wenig Leben ist tatsächlich bewusst. Tiere, Bäume und Insekten reagieren schnell, aber sie sind nicht bei Bewusstsein. In unserem Prozess wird die individuelle

Persönlichkeit, das Ego, aufhören. Wir brauchen nur die Reaktionsfähigkeit, mehr nicht."

Dolores schauderte. "Wie schrecklich!"

„In Kriegszeiten muss alles versucht werden", sagte Kramer abwesend. „Wenn ein einziges geopfertes Leben den Krieg beendet, ist es das wert. Dieses Schiff könnte durchkommen. Noch ein paar davon, und es gäbe keinen Krieg mehr."

SIE stiegen ins Auto. Als sie die Straße entlangfuhren, sagte Gross: „Haben Sie schon an jemanden gedacht?"

Kramer schüttelte den Kopf. „Das geht nicht in meinen Bereich."

"Wie meinst du das?"

"Ich bin Ingenieur. Es ist nicht meine Abteilung."

„Aber das alles war deine Idee."

„Da endet meine Arbeit."

Gross starrte ihn seltsam an. Kramer rutschte unruhig hin und her.

„Wer soll es dann machen?" sagte Gross. „Ich kann meine Organisation verschiedene Arten von Prüfungen vorbereiten lassen, um die Fitness festzustellen, so etwas ..."

„Hör zu, Phil", sagte Dolores plötzlich.

"Was?"

Sie drehte sich zu ihm um. "Ich habe eine Idee. Erinnern Sie sich an den Professor, den wir im College hatten? Michael Thomas?"

Kramer nickte.

„Ich frage mich, ob er noch lebt." Dolores runzelte die Stirn. „Wenn ja, muss er furchtbar alt sein."

„Warum, Dolores?" fragte Gross.

„Vielleicht ein alter Mensch, der nicht mehr viel Zeit hatte, dessen Geist aber immer noch klar und scharf war –"

„Professor Thomas." Kramer rieb sich den Kiefer. „Er war auf jeden Fall eine weise alte Ente. Aber könnte er noch am Leben sein? Dann muss er siebzig gewesen sein."

„Das könnten wir herausfinden", sagte Gross. „Ich könnte eine Routinekontrolle durchführen."

"Was denken Sie?" Sagte Dolores. „Wenn irgendein menschlicher Verstand diese Kreaturen überlisten könnte …"

„Mir gefällt die Idee nicht", sagte Kramer. In seinem Kopf war ein Bild aufgetaucht, das Bild eines alten Mannes, der hinter einem Schreibtisch saß und seine hellen, sanften Augen durch das Klassenzimmer wanderte. Der alte Mann beugte sich vor, eine dünne Hand erhoben –

„Halten Sie ihn da raus", sagte Kramer.

"Was ist falsch?" Gross sah ihn neugierig an.

„Das liegt daran, dass *ich* es vorgeschlagen habe", sagte Dolores.

"NEIN." Kramer schüttelte den Kopf. "Es ist nicht das. So etwas habe ich nicht erwartet, jemanden, den ich kannte, einen Mann, bei dem ich studiert habe. Ich erinnere mich sehr genau an ihn. Er war eine sehr ausgeprägte Persönlichkeit."

„Gut", sagte Gross. „Er klingt gut."

„Wir können es nicht tun. Wir fordern seinen Tod!"

„Das ist Krieg", sagte Gross, „und Krieg richtet sich nicht nach den Bedürfnissen des Einzelnen. Das hast du selbst gesagt. Sicherlich wird er sich freiwillig melden; Auf dieser Basis können wir es beibehalten."

„Vielleicht ist er schon tot", murmelte Dolores.

„Das werden wir schon herausfinden", sagte Gross und beschleunigte das Auto. Den Rest der Strecke fuhren sie schweigend.

LANGE Zeit standen die beiden da und betrachteten das kleine, mit Efeu bewachsene Holzhaus, das hinter einer riesigen Eiche auf dem Grundstück stand. Die kleine Stadt war still und verschlafen; Hin und wieder fuhr ein Auto langsam auf der fernen Autobahn entlang, aber das war alles.

„Das ist der richtige Ort", sagte Gross zu Kramer. Er verschränkte die Arme. „Ein recht uriges kleines Haus."

Kramer sagte nichts. Die beiden Sicherheitsagenten hinter ihnen waren ausdruckslos.

Gross ging auf das Tor zu. "Lass uns gehen. Laut Scheck lebt er noch, ist aber sehr krank. Sein Geist ist jedoch beweglich. Das scheint sicher zu sein.

Es heißt, er verlasse das Haus nicht. Eine Frau kümmert sich um seine Bedürfnisse. Er ist sehr gebrechlich."

Sie gingen den Steinweg hinunter und hinauf auf die Veranda. Gross klingelte. Sie warteten. Nach einer Weile hörten sie langsame Schritte. Die Tür öffnete sich. Eine ältere Frau in einem formlosen Tuch musterte sie teilnahmslos.

„Sicherheit", sagte Gross und zeigte seine Karte. „Wir möchten Professor Thomas sehen."

"Warum?"

„Regierungsgeschäft." Er warf Kramer einen Blick zu.

Kramer trat vor. „Ich war ein Schüler des Professors", sagte er. „Ich bin mir sicher, dass es ihm nichts ausmachen wird, uns zu sehen."

Die Frau zögerte unsicher. Gross trat in die Tür. „Alles klar, Mutter. Dies ist Kriegszeit. Wir können hier nicht auffallen."

Die beiden Sicherheitsbeamten folgten ihm, und Kramer kam widerstrebend hinterher und schloss die Tür. Gross stolzierte den Flur entlang, bis er zu einer offenen Tür kam. Er blieb stehen und schaute hinein. Kramer konnte die weiße Ecke eines Bettes, einen Holzpfosten und die Kante einer Kommode sehen.

Er schloss sich Gross an.

Im dunklen Raum lag ein verdorrter alter Mann, auf unzählige Kissen gestützt. Zuerst schien es, als würde er schlafen; Es gab keine Bewegung oder ein Lebenszeichen. Aber nach einer Weile bemerkte Kramer mit einem leichten Schock, dass der alte Mann sie aufmerksam beobachtete, seine Augen auf sie gerichtet, regungslos, ohne zu blinzeln.

„Professor Thomas?" sagte Gross. „Ich bin Commander Gross vom Sicherheitsdienst. Dieser Mann bei mir ist Ihnen vielleicht bekannt –"

Die verblassten Augen richteten sich auf Kramer.

"Ich kenne ihn. Philip Kramer…. Du bist schwerer geworden, Junge." Die Stimme war schwach, das Rascheln trockener Asche. „Stimmt es, dass du jetzt verheiratet bist?"

"Ja. Ich habe Dolores French geheiratet. Du erinnerst dich an sie." Kramer kam zum Bett. „Aber wir sind getrennt. Es hat nicht sehr gut geklappt. Unsere Karrieren –"

„Warum wir hierher gekommen sind, Professor", begann Gross, aber Kramer unterbrach ihn mit einer ungeduldigen Handbewegung.

"Lass mich reden. Können Sie und Ihre Männer nicht lange genug hier raus, damit ich mit ihm reden kann?"

Gross schluckte. „In Ordnung, Kramer." Er nickte den beiden Männern zu. Die drei verließen den Raum, gingen in den Flur und schlossen die Tür hinter sich.

Der alte Mann im Bett beobachtete Kramer schweigend. „Ich halte nicht viel von ihm", sagte er schließlich. „Ich habe seinen Typ schon einmal gesehen. Was sie will?"

"Nichts. Er kam einfach vorbei. Kann ich mich setzen?" Kramer fand einen steifen, aufrechten Stuhl neben dem Bett. „Wenn ich dich störe –"

"NEIN. Ich freue mich, dich wiederzusehen, Philip. Nach so langer Zeit. Es tut mir leid, dass Ihre Ehe nicht geklappt hat."

"Wie geht es dir?"

„Ich war sehr krank. Ich fürchte, dass mein Moment auf der Weltbühne fast zu Ende ist." Die alten Augen musterten den jüngeren Mann nachdenklich. „Du siehst aus, als ob es dir gut gegangen wäre. Wie alle anderen habe ich auch sehr viel von ihm gehalten. Du bist an die Spitze dieser Gesellschaft gelangt."

Kramer lächelte. Dann wurde er ernst. „Professor, wir arbeiten an einem Projekt, über das ich mit Ihnen sprechen möchte. Es ist der erste Hoffnungsschimmer, den wir in diesem ganzen Krieg hatten. Wenn es funktioniert, können wir vielleicht die Verteidigungsanlagen knacken und ein paar Schiffe in ihr System einschleusen. Wenn uns das gelingt, könnte der Krieg beendet werden."

"Mach weiter. Erzähl mir davon, wenn du möchtest."

„Es ist ein langer Weg, dieses Projekt. Es funktioniert vielleicht überhaupt nicht, aber wir müssen es versuchen."

„Es ist offensichtlich, dass Sie deswegen hierher gekommen sind", murmelte Professor Thomas. „Ich werde neugierig. Mach weiter."

NACHDEM Kramer fertig war, legte sich der alte Mann wortlos zurück ins Bett. Schließlich seufzte er.

"Ich verstehe. Ein menschlicher Geist, entnommen aus einem menschlichen Körper." Er setzte sich ein wenig auf und sah Kramer an. „Ich nehme an, du denkst an mich."

Kramer sagte nichts.

„Bevor ich meine Entscheidung treffe, möchte ich die Papiere dazu, die Theorie und die Grundzüge der Konstruktion sehen. Ich bin mir nicht sicher, ob es mir gefällt. – Aus meinen eigenen Gründen, meine ich. Aber ich möchte mir das Material ansehen. Wenn du das tust –“

"Sicherlich." Kramer stand auf und ging zur Tür. Gross und die beiden Sicherheitsagenten standen draußen und warteten gespannt. „Ekelhaft, komm rein.“

Sie betraten den Raum.

„Geben Sie dem Professor die Papiere“, sagte Kramer. „Er möchte sie studieren, bevor er sich entscheidet.“

Gross holte die Akte aus seiner Manteltasche, einen Manila-Umschlag. Er reichte es dem alten Mann auf dem Bett. „Hier ist es, Professor. Sie können es gerne begutachten. Geben Sie uns so schnell wie möglich Ihre Antwort? Wir können es natürlich kaum erwarten, damit anzufangen.“

„Ich gebe dir meine Antwort, wenn ich mich entschieden habe.“ Er nahm den Umschlag mit einer dünnen, zitternden Hand. „Meine Entscheidung hängt davon ab, was ich aus diesen Papieren herausfinde. Wenn mir das, was ich finde, nicht gefällt, werde ich mich in keiner Weise an dieser Arbeit beteiligen.“ Mit zitternden Händen öffnete er den Umschlag. „Ich suche eine Sache.“

"Was ist es?" sagte Gross.

„Das ist meine Angelegenheit. Hinterlassen Sie mir eine Nummer, unter der ich Sie erreichen kann, wenn ich mich entschieden habe.“

Schweigend legte Gross seine Karte auf die Kommode. Als sie hinausgingen, las Professor Thomas bereits den ersten Aufsatz, den Grundriss der Theorie.

KRAMER saß Dale Winter gegenüber, seinem Stellvertreter. "Was dann?" sagte Winter.

„Er wird sich mit uns in Verbindung setzen.“ Kramer ritzte mit einem Zeichenstift auf etwas Papier. „Ich weiß nicht, was ich denken soll.“

"Wie meinst du das?" Winters gutmütiges Gesicht war verwirrt.

"Sehen." Kramer stand auf, ging auf und ab, die Hände in den Taschen seiner Uniform. „Er war mein Lehrer im College. Ich habe ihn sowohl als Mann als auch als Lehrer respektiert. Er war mehr als eine Stimme, ein sprechendes Buch. Er war ein Mensch, ein ruhiger, freundlicher Mensch, zu dem ich aufschauen konnte. Ich wollte immer eines Tages so sein wie er. Jetzt schau mich an.“

"Also?"

„Sehen Sie sich an, was ich frage. Ich bitte um sein Leben, als wäre er eine Art Labortier, das in einem Käfig gehalten wird, kein Mensch, überhaupt kein Lehrer."

„Glaubst du, er wird es tun?"

"Ich weiß nicht." Kramer ging zum Fenster. Er stand da und schaute hinaus. „In gewisser Weise hoffe ich nicht."

„Aber wenn er es nicht tut –"

„Dann müssen wir jemand anderen finden. Ich weiß. Es würde jemand anderen geben. Warum musste Dolores –"

Das Videotelefon klingelte. Kramer drückte den Knopf.

„Das ist ekelhaft." Die schweren Gesichtszüge bildeten sich. „Der alte Mann hat mich angerufen. Professor Thomas."

"Was hat er gesagt?" Er wusste; er konnte es bereits am Klang von Gross' Stimme erkennen.

„Er sagte, er würde es tun. Ich war selbst ein wenig überrascht, aber anscheinend meint er es ernst. Wir haben bereits Vorkehrungen für seine Einlieferung ins Krankenhaus getroffen. Sein Anwalt erstellt die Haftungserklärung."

Kramer hörte es nur halb. Er nickte müde. "In Ordnung. Ich bin froh. Dann können wir wohl weitermachen."

„Du klingst nicht sehr erfreut."

„Ich frage mich, warum er beschlossen hat, damit weiterzumachen."

„Da war er sich sehr sicher." Gross klang erfreut. „Er hat mich ziemlich früh angerufen. Ich lag noch im Bett. Wissen Sie, das muss gefeiert werden."

„Sicher", sagte Kramer. „Das tut es auf jeden Fall."

GEGEN Mitte August näherte sich das Projekt der Fertigstellung. Sie standen draußen in der heißen Herbsthitze und blickten zu den glatten Metallwänden des Schiffes hinauf.

Gross schlug mit der Hand auf das Metall. „Nun, es wird nicht mehr lange dauern. Wir können jederzeit mit dem Test beginnen."

„Erzählen Sie uns mehr darüber", sagte ein Offizier in Goldborte. „Es ist so ein ungewöhnliches Konzept."

„Befindet sich im Schiff wirklich ein menschliches Gehirn?" fragte ein Würdenträger, ein kleiner Mann in einem zerknitterten Anzug. „Und das Gehirn lebt tatsächlich?"

„Meine Herren, dieses Schiff wird von einem lebenden Gehirn gesteuert und nicht vom üblichen Johnson-Relais-Steuerungssystem. Aber das Gehirn ist nicht bei Bewusstsein. Es funktioniert nur reflexartig. Der praktische Unterschied zum Johnson-System besteht darin: Ein menschliches Gehirn ist weitaus komplizierter als jede von Menschen geschaffene Struktur, und seine Fähigkeit, sich an eine Situation anzupassen und auf Gefahren zu reagieren, übertrifft alles, was künstlich gebaut werden könnte ."

Gross hielt inne und spitzte das Ohr. Die Turbinen des Schiffes begannen zu rumpeln und erschütterten den Boden unter ihnen mit einer tiefen Vibration. Kramer stand mit verschränkten Armen in geringem Abstand von den anderen und schaute schweigend zu. Beim Geräusch der Turbinen ging er schnell um das Schiff herum auf die andere Seite. Ein paar Arbeiter räumten den letzten Müll weg, die Reste von Kabeln und Gerüsten. Sie blickten zu ihm auf und machten eilig mit ihrer Arbeit weiter. Kramer bestieg die Rampe und betrat die Kontrollkabine des Schiffes. Winter saß mit einem Piloten des Raumtransporters am Steuer.

„Wie sieht es aus?" fragte Kramer.

"In Ordnung." Der Winter stand auf. „Er sagt mir, dass es am besten wäre, manuell abzuheben. Der Roboter steuert …" Winter zögerte. „Ich meine, die eingebauten Steuerungen können später im Weltraum die Kontrolle übernehmen."

„Das stimmt", sagte der Pilot. „Das ist beim Johnson-System üblich, und deshalb sollten wir in diesem Fall …"

„Können Sie schon etwas sagen?" fragte Kramer.

„Nein", sagte der Pilot langsam. „Das glaube ich nicht. Ich habe alles durchgesehen. Es scheint in Ordnung zu sein. Ich wollte dich nur eines fragen." Er legte seine Hand auf die Steuertafel. „Hier gibt es einige Änderungen, die ich nicht verstehe."

"Änderungen?"

„Änderungen gegenüber dem ursprünglichen Design. Ich frage mich, was der Zweck ist."

Kramer holte einen Satz Pläne aus seinem Mantel. "Lass mich sehen." Er blätterte um. Der Pilot schaute aufmerksam über seine Schulter.

„Auf Ihrer Kopie sind die Änderungen nicht vermerkt", sagte der Pilot. „Ich frage mich —" Er hielt inne. Kommandant Gross hatte die Kontrollkabine betreten.

„Ekelhaft, wer hat Änderungen genehmigt?" sagte Kramer. „Einige der Verkabelungen wurden geändert."

„Warum, dein alter Freund." Gross gab dem Feldturm durch das Fenster ein Zeichen.

"Mein alter Freund?"

"Der Professor. Er zeigte ein recht aktives Interesse." Gross wandte sich an den Piloten. "Lasst uns anfangen. Für den Test, den sie mir sagen, müssen wir das über die Schwerkraft hinaus schaffen. Nun ja, vielleicht ist es das Beste. Sind Sie bereit?"

"Sicher." Der Pilot setzte sich und bewegte einige der Bedienelemente. "Jederzeit."

„Dann machen Sie weiter", sagte Gross.

„Der Professor ...", begann Kramer, aber in diesem Moment ertönte ein gewaltiges Brüllen und das Schiff machte einen Satz unter ihm. Er ergriff einen der Wandgriffe und hielt sich fest, so gut er konnte. Die Kabine erfüllte sich mit einem stetigen Pochen, dem Toben der Düsenturbinen unter ihnen.

Das Schiff sprang. Kramer schloss die Augen und hielt den Atem an. Sie bewegten sich in den Weltraum hinaus und gewannen jeden Moment an Geschwindigkeit.

" NAJA , was denkst du?" sagte Winter nervös. „Ist es schon soweit?"

„Ein bisschen länger", sagte Kramer. Er saß auf dem Boden der Kabine, unten bei der Steuerverkabelung. Er hatte die Metallabdeckung entfernt und das komplizierte Labyrinth der Relaisverkabelung freigelegt. Er studierte es und verglich es mit den Schaltplänen.

"Was ist los?" sagte Gross.

"Diese Veränderungen. Ich kann nicht herausfinden, wofür sie sind. Das einzige Muster, das ich erkennen kann, ist, dass aus irgendeinem Grund ..."

„Lass mich schauen", sagte der Pilot. Er ging neben Kramer in die Hocke. „Du hast gesagt?"

„Sehen Sie diesen Hinweis hier? Ursprünglich war es schaltergesteuert. Es schloss und öffnete sich je nach Temperaturänderung automatisch. Jetzt ist es so verkabelt, dass es von der zentralen Steuerung gesteuert wird. Das

Gleiche gilt auch für die anderen. Vieles davon war immer noch mechanisch und wurde durch Druck, Temperatur und Stress betrieben. Jetzt liegt es unter dem zentralen Master."

"Das Gehirn?" sagte Gross. „Du meinst, es wurde so verändert, dass das Gehirn es manipuliert?"

Kramer nickte. „Vielleicht hatte Professor Thomas das Gefühl, dass man mechanischen Relais nicht trauen könne. Vielleicht dachte er, dass die Dinge zu schnell gehen würden. Aber einige davon könnten im Bruchteil einer Sekunde schließen. Die Bremsraketen könnten so schnell losgehen wie …"

„Hey", sagte Winter vom Kontrollsitz aus. „Wir nähern uns den Mondstationen. Was soll ich tun?"

Sie schauten zum Hafen hinaus. Die korrodierte Oberfläche des Mondes leuchtete zu ihnen auf, ein verdorbener und widerlicher Anblick. Sie bewegten sich schnell darauf zu.

„Ich nehme es", sagte der Pilot. Er schob Winter aus dem Weg und schnallte sich fest. Während er die Steuerung betätigte, begann sich das Schiff vom Mond zu entfernen. Unten konnten sie die Beobachtungsstationen sehen, die über die Oberfläche verstreut waren, und die winzigen Quadrate, die die Öffnungen der unterirdischen Fabriken und Hangars darstellten. Ein roter Blinker blinkte auf, und als Antwort bewegten sich die Finger des Piloten über die Tafel.

„Wir haben den Mond hinter uns", sagte der Pilot nach einer Weile. Der Mond war hinter ihnen untergegangen; Das Schiff war auf dem Weg in den Weltraum. „Nun, wir können damit weitermachen."

Kramer antwortete nicht.

"Herr. Kramer, wir können jederzeit weitermachen."

Kramer begann. "Entschuldigung. Ich dachte. OK, danke." Er runzelte die Stirn und war tief in Gedanken versunken.

"Was ist es?" fragte Gross.

„Die Verkabelung ändert sich. Haben Sie den Grund dafür verstanden, als Sie den Arbeitern das Okay gegeben haben?"

Grob gerötet. „Sie wissen, dass ich nichts über technisches Material weiß. Ich bin im Sicherheitsdienst."

„Dann hätten Sie mich konsultieren sollen."

"Was macht es aus?" Gross grinste schief. „Früher oder später müssen wir anfangen, auf den alten Mann zu vertrauen."

Der Pilot trat vom Brett zurück. Sein Gesicht war blass und ernst. „Nun, es ist geschafft", sagte er. "Das ist es."

„Was ist erledigt?" sagte Kramer.

„Wir sind auf Automatik eingestellt. Das Gehirn. Ich übergab ihm die Tafel – ihm, meine ich. Der alte Mann." Der Pilot zündete sich eine Zigarette an und zog nervös. "Lasst uns die Daumen drücken."

DAS Schiff segelte gleichmäßig in den Händen seines unsichtbaren Piloten. Tief unten im Inneren des Schiffs lag sorgfältig gepanzert und geschützt ein weiches menschliches Gehirn in einem Flüssigkeitstank, über dessen Oberfläche tausend winzige elektrische Ladungen spielten. Als die Ladungen anstiegen, wurden sie aufgenommen und verstärkt, in Relaissysteme eingespeist, weitergeleitet und durch das gesamte Schiff weitergegeben …

Gross wischte sich nervös die Stirn. „Also leitet *er es jetzt*. Ich hoffe, er weiß, was er tut."

Kramer nickte rätselhaft. „Ich glaube, das tut er."

"Wie meinst du das?"

"Nichts." Kramer ging zum Hafen. „Ich sehe, wir bewegen uns immer noch in einer geraden Linie." Er nahm das Mikrofon. „Dadurch können wir das Gehirn mündlich unterrichten." Er blies versuchsweise gegen das Mikrofon.

„Weiter", sagte Winter.

„Bringen Sie das Schiff halbrechts herum", sagte Kramer. "Die Geschwindigkeit reduzieren."

Sie warteten. Zeit verging. Gross sah Kramer an. "Keine Änderung. Nichts."

"Warten."

Langsam begann sich das Schiff zu drehen. Die Turbinen verfehlten ihr Ziel und verringerten ihren gleichmäßigen Schlag. Das Schiff nahm seinen neuen Kurs ein und passte sich an. In der Nähe rasten einige Weltraumschrotte vorbei und verbrannten im Druck der Turbinendüsen.

„So weit so gut", sagte Gross.

Sie begannen leichter zu atmen. Der unsichtbare Pilot hatte sanft und ruhig die Kontrolle übernommen. Das Schiff war in guten Händen. Kramer sprach noch ein paar Worte ins Mikrofon, und sie schwangen sich erneut hin und her. Jetzt bewegten sie sich auf demselben Weg zurück, auf den sie gekommen waren, auf den Mond zu.

„Mal sehen, was er tut, wenn wir in die Anziehungskraft des Mondes geraten", sagte Kramer. „Er war ein guter Mathematiker, der alte Mann. Er konnte jedes Problem lösen."

Das Schiff drehte ab und wandte sich vom Mond ab. Der große zerfressene Globus fiel hinter ihnen zurück.

Gross atmete erleichtert auf. "Das ist das."

"Eine Sache noch." Kramer nahm das Mikrofon. „Kehren Sie zum Mond zurück und landen Sie das Schiff auf dem ersten Weltraumfeld", sagte er hinein.

„Guter Gott", murmelte Winter. "Warum bist du-"

"Ruhig sein." Kramer stand da und lauschte. Die Turbinen keuchten und dröhnten, als das Schiff sich voll drehte und an Geschwindigkeit gewann. Sie bewegten sich zurück, wieder zurück zum Mond. Das Schiff senkte sich ab und steuerte auf den großen Globus unten zu.

„Wir fahren ein bisschen schnell", sagte der Pilot. „Ich verstehe nicht, wie er bei dieser Geschwindigkeit absetzen kann."

DER Hafen füllte sich, da der Globus schnell anschwoll. Der Pilot eilte zur Tafel und griff nach den Kontrollen. Plötzlich zuckte das Schiff. Die Nase hob sich, und das Schiff schoss in den Weltraum hinaus, vom Mond weg, und drehte sich in einem schrägen Winkel. Die Männer wurden durch die plötzliche Kursänderung zu Boden geschleudert. Sprachlos standen sie wieder auf und starrten einander an.

Der Pilot blickte auf die Tafel. „Das war nicht ich! Ich habe nichts angerührt. Ich habe es gar nicht erst geschafft."

Das Schiff nahm mit jedem Augenblick an Geschwindigkeit zu. Kramer zögerte. „Vielleicht schalten Sie es besser wieder auf manuell um."

Der Pilot schloss den Schalter. Er ergriff die Lenkhebel und bewegte sie versuchsweise. "Nichts." Er drehte sich um. "Nichts. Es reagiert nicht."

Niemand sprach.

„Sie können sehen, was passiert ist", sagte Kramer ruhig. „Der alte Mann wird es nicht mehr loslassen, jetzt wo er es hat. Davor hatte ich Angst, als ich die Änderungen an der Verkabelung sah. Alles in diesem Schiff wird zentral gesteuert, sogar das Kühlsystem, die Luken und die Müllentsorgung. Wir sind hilflos."

"Unsinn." Gross ging zur Tafel. Er ergriff das Rad und drehte es. Das Schiff setzte seinen Kurs fort, entfernte sich vom Mond und ließ ihn zurück.

"Freigeben!" Sagte Kramer ins Mikrofon. „Lass die Kontrollen los! Wir nehmen es zurück. Freigeben."

„Nicht gut", sagte der Pilot. "Nichts." Er drehte das nutzlose Rad. „Es ist tot, völlig tot."

„Und wir machen uns immer noch auf den Weg", sagte Winter und grinste albern. „Wir werden in ein paar Minuten den ersten Verteidigungsgürtel durchqueren. Wenn sie uns nicht abschießen –"

„Wir sollten besser zurückfunken." Der Pilot klickte auf das Funkgerät, um zu *senden* . „Ich werde die Hauptstützpunkte kontaktieren, eine der Beobachtungsstationen."

„Bei dem Tempo, das wir fahren, ist es besser, den Verteidigungsgürtel zu holen. Wir werden gleich darauf eingehen."

„Und danach", sagte Kramer, „werden wir im Weltraum sein." Er bringt uns in Richtung Außenraumgeschwindigkeit. Ist dieses Schiff mit Bädern ausgestattet?"

"Bad?" sagte Gross.

„Die Schlaftanks. Für Weltraumantrieb. Wir könnten sie brauchen, wenn wir viel schneller vorankommen."

„Aber guter Gott, wohin gehen wir?" sagte Gross. „Wohin – wohin bringt er uns?"

DER Pilot nahm Kontakt auf. „Das ist Dwight, auf dem Schiff", sagte er. „Wir dringen mit hoher Geschwindigkeit in die Verteidigungszone ein. Feuert nicht auf uns."

„Umkehren", ertönte die unpersönliche Stimme aus dem Lautsprecher. „Du darfst die Verteidigungszone nicht betreten."

„Das können wir nicht. Wir haben die Kontrolle verloren."

"Die Kontrolle verloren?"

„Dies ist ein Versuchsschiff."

Gross nahm das Radio. „Hier spricht Commander Gross, Sicherheit. Wir werden in den Weltraum getragen. Wir können nichts tun. Gibt es eine Möglichkeit, uns von diesem Schiff zu entfernen?"

Ein Zögern. „Wir haben ein paar schnelle Verfolgungsschiffe, die dich abholen könnten, wenn du springen möchtest. Die Chancen stehen gut, dass sie dich finden. Haben Sie Weltraumraketen?"

„Das tun wir", sagte der Pilot. "Lass es uns versuchen."

„Schiff verlassen?" sagte Kramer. „Wenn wir jetzt gehen, werden wir es nie wieder sehen."

"Was können wir sonst noch tun? Wir werden immer schneller. Schlagen Sie vor, dass wir hier bleiben?"

"NEIN." Kramer schüttelte den Kopf. „Verdammt, es sollte eine bessere Lösung geben."

„Könnten Sie *ihn kontaktieren* ?" fragte Winter. "Der alte Mann? Versuchen Sie, mit ihm zur Vernunft zu kommen?"

„Es ist eine Chance wert", sagte Gross. "Versuch es."

"In Ordnung." Kramer nahm das Mikrofon. Er hielt einen Moment inne. "Hören! Können Sie mich hören? Das ist Phil Kramer. Können Sie mich hören, Professor? Können Sie mich hören? Ich möchte, dass Sie die Kontrollen freigeben."

Es herrschte Stille.

„Das ist Kramer, Professor. Können Sie mich hören? Erinnerst du dich, wer ich bin? Verstehst du, wer das ist?"

Über dem Bedienfeld gab der Wandlautsprecher ein Geräusch von sich, ein stotterndes Rauschen. Sie blickten auf.

„Können Sie mich hören, Professor? Das ist Philip Kramer. Ich möchte, dass Sie uns das Schiff zurückgeben. Wenn Sie mich hören können, lassen Sie die Kontrollen los! Lassen Sie los, Professor. Lass los!"

Statisch. Ein rauschendes Geräusch, wie der Wind. Sie sahen einander an. Für einen Moment herrschte Stille.

„Das ist Zeitverschwendung", sagte Gross.

"Nicht hören!"

Das Stottern kam wieder. Dann ertönte, vermischt mit dem Stottern, fast darin verloren, eine Stimme, tonlos, ohne Tonfall, eine mechanische, leblose Stimme aus dem Metalllautsprecher in der Wand über ihren Köpfen.

„… Bist du es, Philip? Ich kann dich nicht erkennen. Dunkelheit…. Wer ist da? Mit dir…."

„Ich bin es, Kramer." Seine Finger schlossen sich fester um den Mikrofongriff. „Sie müssen die Kontrollen freigeben, Professor. Wir müssen nach Terra zurückkehren. Du musst."

Schweigen. Dann ertönte erneut die schwache, stockende Stimme, etwas stärker als zuvor. „Kramer. Alles so seltsam. Allerdings hatte ich recht. Bewusstseinsergebnis des Denkens. Notwendiges Ergebnis. Cognito also Summe. Behalten Sie die konzeptionelle Fähigkeit bei. Können Sie mich hören?"

„Ja, Professor –"

„Ich habe die Verkabelung geändert. Kontrolle. Ich war mir ziemlich sicher…. Ich frage mich, ob ich das schaffe. Versuchen…."

Plötzlich sprang die Klimaanlage an. Es brach abrupt wieder ab. Am Ende des Korridors wurde eine Tür zugeschlagen. Etwas donnerte. Die Männer standen da und hörten zu. Von allen Seiten kamen Geräusche, Schalter wurden geschlossen und geöffnet. Die Lichter gingen aus; sie waren in der Dunkelheit. Die Lichter gingen wieder an und gleichzeitig wurde die Helligkeit der Heizschlangen gedimmt und schwächer.

"Guter Gott!" sagte Winter.

Wasser ergoss sich auf sie, die Notlöschanlage. Es gab einen kreischenden Luftstoß. Eine der Notluken war zurückgeglitten, und die Luft rauschte hektisch in den Weltraum hinaus.

Die Luke fiel mit einem Knall zu. Das Schiff verstummte. Die Heizschlangen erwachten zum Leben. So plötzlich, wie sie begonnen hatte, endete die seltsame Ausstellung.

„Ich kann – alles", ertönte die trockene, tonlose Stimme aus dem Wandlautsprecher. „Es ist alles kontrolliert. Kramer, ich möchte mit Ihnen sprechen. Ich habe nachgedacht. Ich habe dich viele Jahre nicht gesehen. Es gibt viel zu besprechen. Du hast dich verändert, Junge. Wir haben viel zu besprechen. Deine Frau-"

Der Pilot packte Kramer am Arm. „Vor unserem Bug steht ein Schiff. Sehen."

SIE rannten zum Hafen. Ein schlankes, blasses Fahrzeug bewegte sich mit ihnen und hielt mit ihnen Schritt. Es blinkte ein Signal.

„Ein terranisches Verfolgungsschiff", sagte der Pilot. "Lass uns springen. Sie werden uns abholen. Anzüge-"

Er rannte zu einem Vorratsschrank und drehte den Griff. Die Tür öffnete sich und er zog die Anzüge auf den Boden.

„Beeilen Sie sich", sagte Gross. Eine Panik erfasste sie. Sie zogen sich hektisch an und zogen die schweren Kleidungsstücke über sich. Winter taumelte zur Notluke, blieb dort stehen und wartete auf die anderen. Einer nach dem anderen schlossen sie sich ihm an.

"Lass uns gehen!" sagte Gross. „Öffne die Luke."

Der Winter zerrte an der Luke. "Hilf mir."

Sie hielten sich fest und zogen sich aneinander. Nichts ist passiert. Die Luke weigerte sich, sich zu bewegen.

„Holen Sie sich ein Brecheisen", sagte der Pilot.

„Hat denn niemand einen Blaster?" Gross sah sich verzweifelt um. „Verdammt, sprengen Sie es auf!"

„Zieh", knurrte Kramer. "Reiß dich zusammen."

„Sind Sie an der Luke?" Die tonlose Stimme ertönte und wirbelte durch die Korridore des Schiffes. Sie schauten auf und starrten um sich herum. „Ich spüre etwas in der Nähe, draußen. Ein Schiff? Ihr geht alle, alle? Kramer, gehst du auch? Äußerst unglücklich. Ich hatte gehofft, wir könnten reden. Vielleicht könnte man Sie zu einem anderen Zeitpunkt dazu bewegen, zu bleiben."

„Mach die Luke auf!" Sagte Kramer und starrte zu den unpersönlichen Wänden des Schiffes hinauf. „Um Gottes willen, mach auf!"

Es herrschte Stille, eine endlose Pause. Dann glitt die Luke ganz langsam zurück. Die Luft schrie auf und strömte an ihnen vorbei in den Weltraum.

Einer nach dem anderen sprangen sie auf, einer nach dem anderen, angetrieben von dem abstoßenden Material der Anzüge. Wenige Minuten später wurden sie an Bord des Verfolgungsschiffs gehievt. Als das letzte von ihnen durch den Hafen gehoben wurde, richtete sich ihr eigenes Schiff plötzlich nach oben und schoss mit enormer Geschwindigkeit davon. Es verschwand.

Kramer nahm keuchend seinen Helm ab. Zwei Matrosen hielten ihn fest und begannen, ihn in Decken zu wickeln. Gross nippte zitternd an einer Tasse Kaffee.

„Es ist weg", murmelte Kramer.

„Ich werde einen Alarm aussenden lassen", sagte Gross.

„Was ist mit Ihrem Schiff passiert?" fragte ein Seemann neugierig. „Es ging ganz schnell los. Wer ist dabei?"

„Wir müssen es zerstören lassen", fuhr Gross mit grimmiger Miene fort. „Es muss zerstört werden. Man kann nicht sagen, was es ist – was *er* vorhat." Gross setzte sich schwach auf eine Metallbank. „Was für eine knappe Entscheidung für uns. Wir waren so verdammt vertrauensvoll."

„Was könnte er planen", sagte Kramer halb zu sich selbst. „Es macht keinen Sinn. Ich verstehe es nicht."

ALS das Schiff zur Mondbasis zurückraste, saßen sie um den Tisch im Esszimmer, tranken heißen Kaffee und dachten nach, ohne viel zu sagen.

„Schau her", sagte Gross schließlich. „Was für ein Mann war Professor Thomas? Woran erinnerst du dich von ihm?"

Kramer stellte seine Kaffeetasse ab. „Das war vor zehn Jahren. Ich erinnere mich nicht an viel. Es ist vage."

Er ließ seine Gedanken über die Jahre zurückschweifen. Er und Dolores hatten zusammen am Hunt College Physik und Biowissenschaften studiert. Das College war klein und weit entfernt vom Schwung des modernen Lebens. Er war dorthin gegangen, weil es seine Heimatstadt war, und sein Vater war vor ihm dorthin gegangen.

Professor Thomas war schon lange am College, so lange man sich erinnern kann. Er war ein seltsamer alter Mann, der die meiste Zeit für sich blieb. Es gab viele Dinge, die er missbilligte, aber er sagte selten, was sie waren.

„Erinnern Sie sich an etwas, das uns helfen könnte?" fragte Gross. „Gibt es irgendetwas, das uns einen Hinweis darauf geben könnte, was er im Sinn haben könnte?"

Kramer nickte langsam. „Ich erinnere mich an eine Sache…"

Eines Tages saßen er und der Professor zusammen in der Schulkapelle und unterhielten sich in aller Ruhe.

„Nun, bald haben Sie die Schule verlassen", hatte der Professor gesagt. "Was werden Sie tun?"

"Tun? Ich nehme an, ich arbeite bei einem der Forschungsprojekte der Regierung."

"Und schließlich? Was ist Ihr ultimatives Ziel?"

Kramer hatte gelächelt. „Die Frage ist unwissenschaftlich. Es setzt solche Dinge als ultimative Ziele voraus."

„Stellen wir uns stattdessen Folgendes vor: Was wäre, wenn es keinen Krieg und keine staatlichen Forschungsprojekte gäbe? Was würden Sie dann tun?"

"Ich weiß nicht. Aber wie kann ich mir eine solche hypothetische Situation vorstellen? Seit ich denken kann, gibt es Krieg. Wir sind auf den Krieg eingestellt. Ich weiß nicht, was ich tun würde. Ich denke, ich würde mich daran gewöhnen."

Der Professor hatte ihn angestarrt. „Oh, du denkst doch, du würdest dich daran gewöhnen, oder? Nun, darüber bin ich froh. Und Sie denken, Sie könnten etwas zu tun finden?"

Gross hörte aufmerksam zu. „Was schließen Sie daraus, Kramer?"

"Nicht viel. Außer, dass er gegen den Krieg war."

„Wir sind alle gegen Krieg", betonte Gross.

"WAHR. Aber er war zurückgezogen, abgesondert. Er lebte sehr einfach und kochte seine Mahlzeiten selbst. Seine Frau starb vor vielen Jahren. Er wurde in Europa, in Italien, geboren. Als er in die USA kam, änderte er seinen Namen. Er las Dante und Milton. Er hatte sogar eine Bibel."

„Sehr anachronistisch, finden Sie nicht?"

„Ja, er hat in der Vergangenheit ziemlich viel gelebt. Er fand einen alten Phonographen und Schallplatten und hörte sich die alte Musik an. Du hast sein Haus gesehen, wie altmodisch es war."

„Hatte er eine Akte?" fragte Winter Gross.

„Mit Sicherheit? Nein, überhaupt keine. Soweit wir wissen, engagierte er sich nie politisch, schloss sich nie irgendetwas an und schien sogar starke politische Überzeugungen zu haben."

„Nein", stimmte Kramer zu. „Das Einzige, was er jemals gemacht hat, war, durch die Hügel zu laufen. Er mochte die Natur."

„Die Natur kann für einen Wissenschaftler von großem Nutzen sein", sagte Gross. „Ohne sie gäbe es keine Wissenschaft."

„Kramer, was glauben Sie, was sein Plan ist, die Kontrolle über das Schiff zu übernehmen und zu verschwinden?" sagte Winter.

„Vielleicht hat ihn der Transfer verrückt gemacht", sagte der Pilot. „Vielleicht gibt es keinen Plan, überhaupt nichts Vernünftiges."

„Aber er ließ das Schiff neu verkabeln und stellte sicher, dass er bei Bewusstsein und Erinnerung blieb, bevor er der Operation überhaupt zustimmte. Er muss von Anfang an etwas geplant haben. Aber was?"

„Vielleicht wollte er einfach länger am Leben bleiben“, sagte Kramer. „Er war alt und dem Tod nahe. Oder-"

"Oder was?"

"Nichts." Kramer stand auf. „Ich denke, sobald wir die Mondbasis erreichen, werde ich einen Videoanruf zur Erde machen. Ich möchte mit jemandem darüber reden.“

"Wer ist er?" fragte Gross.

„Dolores. Vielleicht erinnert sie sich an etwas.“

„Das ist eine gute Idee“, sagte Gross.

" Von WO rufst du an?" fragte Dolores, als es ihm gelang, sie zu erreichen.

„Von der Mondbasis.“

„Es kursieren allerhand Gerüchte. Warum kam das Schiff nicht zurück? Was ist passiert?"

„Ich fürchte, er ist damit durchgebrannt.“

"Er?"

"Der alte Mann. Professor Thomas.“ Kramer erklärte, was passiert war.

Dolores hörte aufmerksam zu. "Wie merkwürdig. Und Sie denken, er hat alles von Anfang an im Voraus geplant?“

"Ich bin sicher. Er verlangte sofort die Baupläne und die theoretischen Diagramme.“

"Aber warum? Wozu?"

"Ich weiß nicht. Schau, Dolores. Woran erinnern Sie sich von ihm? Gibt es irgendetwas, das Aufschluss darüber geben könnte?“

„Wie was?“

"Ich weiß nicht. Das ist das Problem.“

Auf dem Bildschirm runzelte Dolores die Stirn. „Ich erinnere mich, dass er in seinem Hinterhof Hühner züchtete und einmal eine Ziege hatte.“ Sie lächelte. „Erinnern Sie sich an den Tag, als die Ziege loskam und die Hauptstraße der Stadt entlang wanderte? Niemand konnte herausfinden, woher es kam.“

"Irgendetwas anderes?"

"NEIN." Er beobachtete, wie sie kämpfte und versuchte, sich zu erinnern. „Er wollte irgendwann eine Farm haben, ich weiß."

"In Ordnung. Danke." Kramer berührte den Schalter. „Wenn ich zurück nach Terra komme, werde ich vielleicht anhalten und dich sehen."

„Lassen Sie mich wissen, wie es funktioniert."

Er schnitt die Linie ab und das Bild wurde dunkler und verblasste. Er ging langsam zurück zu Gross und einigen Offizieren des Militärs, die an einem Kartentisch saßen und sich unterhielten.

"Etwas Glück?" Sagte Gross und sah auf.

"NEIN. Sie erinnert sich nur daran, dass er eine Ziege gehalten hat."

„Kommen Sie vorbei und schauen Sie sich diese Detailtabelle an." Gross bedeutete ihm, sich an seine Seite zu bewegen. "Betrachten!"

Kramer sah, wie sich die Plattenreiter wie wild bewegten und die kleinen weißen Punkte hin und her rasten.

"Was passiert?" er hat gefragt.

„Einem Geschwader außerhalb der Verteidigungszone ist es endlich gelungen, Kontakt zum Schiff aufzunehmen. Sie manövrieren jetzt um ihre Position. Betrachten."

Die weißen Spielsteine bildeten eine Tonnenformation um einen schwarzen Punkt, der sich stetig über das Spielbrett bewegte, von der zentralen Position weg. Während sie zusahen, verengten sich die weißen Punkte darum herum.

„Sie sind bereit, das Feuer zu eröffnen", sagte ein Techniker an der Tafel. „Commander, was sollen wir ihnen sagen?"

Gross zögerte. „Ich hasse es, derjenige zu sein, der die Entscheidung trifft. Wenn es darauf ankommt –"

„Es ist nicht nur ein Schiff", sagte Kramer. „Es ist ein Mann, eine lebende Person. Da oben ist ein Mensch, der sich durch den Raum bewegt. Ich wünschte, wir wüssten, was …"

„Aber der Befehl muss gegeben werden. Wir dürfen kein Risiko eingehen. Angenommen, er geht zu ihnen, zu den Idioten."

Kramers Kinnlade klappte herunter. „Mein Gott, das würde er nicht tun."

"Bist du sicher? Weißt du, was er tun wird?"

„Das würde er nicht tun."

Gross wandte sich an den Techniker. „Sag ihnen, sie sollen weitermachen."

„Es tut mir leid, Sir, aber jetzt ist das Schiff entkommen. Schauen Sie auf die Tafel hinunter."

GROSS starrte nach unten, Kramer über seiner Schulter. Der schwarze Punkt war durch die weißen Punkte hindurchgerutscht und hatte sich in einem abrupten Winkel davonbewegt. Die weißen Punkte waren aufgelöst und zerstreuten sich in Verwirrung.

„Er ist ein ungewöhnlicher Stratege", sagte einer der Beamten. Er verfolgte die Linie. „Es ist ein uraltes Manöver, ein altes preußisches Gerät, aber es hat funktioniert."

Die weißen Punkte kehrten zurück. „Zu viele verdammte Schiffe fahren so weit", sagte Gross. „Nun, das ist es, was man bekommt, wenn man nicht schnell handelt." Er sah Kramer kalt an. „Wir hätten es tun sollen, als wir ihn hatten. Schau ihn dir an!" Er deutete mit dem Finger auf den sich schnell bewegenden schwarzen Punkt. Der Punkt erreichte den Rand der Tafel und blieb stehen. Es hatte die Grenze des gecharterten Gebietes erreicht. "Sehen?"

-Was jetzt? dachte Kramer und sah zu. Der alte Mann war also den Kreuzern entkommen und entkommen. Er war durchaus wachsam; mit seinem Verstand war nichts falsch. Oder mit seiner Fähigkeit, seinen neuen Körper zu kontrollieren.

Körper – Das Schiff war für ihn ein neuer Körper. Er hatte den alten, sterbenden Körper, verwelkt und gebrechlich, gegen diesen riesigen Rahmen aus Metall und Plastik, Turbinen und Raketendüsen eingetauscht. Er war jetzt stark. Stark und groß. Der neue Körper war mächtiger als tausend menschliche Körper. Aber wie lange würde es dauern? Die durchschnittliche Lebensdauer eines Kreuzers betrug nur zehn Jahre. Bei sorgfältiger Handhabung konnte er vielleicht zwanzig davon herausholen, bevor ein wesentlicher Teil ausfiel und es keine Möglichkeit mehr gab, ihn zu ersetzen.

Und was dann? Was würde er tun, wenn etwas versagte und es niemanden gab, der es für ihn reparieren konnte? Das wäre das Ende. Irgendwo, weit draußen in der kalten Dunkelheit des Weltraums, würde das Schiff still und leblos langsamer werden, um seine letzte Wärme in die ewige Zeitlosigkeit des Weltraums abzugeben. Oder vielleicht würde es auf einem kargen Asteroiden abstürzen und in eine Million Fragmente zerplatzen.

Es war nur eine Frage der Zeit.

„Deine Frau hat sich an nichts erinnert?" sagte Gross.

"Ich habe es dir gesagt. Nur, dass er einmal eine Ziege gehalten hat."

„Das ist eine verdammt große Hilfe."

Kramer zuckte mit den Schultern. "Es ist nicht meine Schuld."

„Ich frage mich, ob wir ihn jemals wiedersehen werden." Gross starrte auf den Anzeigepunkt, der immer noch am Rand der Tafel hing. „Ich frage mich, ob er jemals auf diese Weise zurückkehren wird."

„Das frage ich mich auch", sagte Kramer.

IN DIESER Nacht lag Kramer im Bett, warf sich hin und her und konnte nicht schlafen. Die Schwerkraft des Mondes, selbst wenn sie künstlich erhöht wurde, war für ihn ungewohnt und bereitete ihm Unbehagen. Tausend Gedanken wanderten in seinem Kopf herum, während er völlig wach dalag.

Was hatte das alles zu bedeuten? Was war der Plan des Professors? Vielleicht würden sie es nie erfahren. Vielleicht war das Schiff endgültig verschwunden; Der alte Mann war für immer weg und schoss in den Weltraum. Sie würden vielleicht nie herausfinden, warum er es getan hatte und welchen Zweck er – wenn überhaupt – verfolgt hatte.

Kramer setzte sich im Bett auf. Er machte das Licht an und zündete sich eine Zigarette an. Sein Quartier war klein, ein mit Metall ausgekleideter Schlafraum, Teil der Basis der Mondstation.

Der alte Mann hatte mit ihm reden wollen. Er hatte Dinge besprechen und ein Gespräch führen wollen, aber in der Hysterie und Verwirrung hatten sie nur daran denken können, wegzukommen. Das Schiff raste mit ihnen davon und trug sie in den Weltraum. Kramer biss die Zähne zusammen. Könnte man ihnen das Springen vorwerfen? Sie hatten keine Ahnung, wohin sie gebracht wurden oder warum. Sie waren hilflos, gefangen in ihrem eigenen Schiff, und das Verfolgungsschiff, das bereitstand, um sie abzuholen, war ihre einzige Chance. Noch eine halbe Stunde und es wäre zu spät gewesen.

Aber was hatte der alte Mann sagen wollen? Was hatte er ihm in diesen ersten verwirrenden Momenten sagen wollen, als das Schiff um sie herum zum Leben erwachte, jede Metallstrebe und jeder Draht plötzlich zum Leben erwachte, der Körper eines Lebewesens, eines riesigen Metallorganismus?

Es war seltsam und beunruhigend. Er konnte es nicht einmal jetzt vergessen. Er sah sich unruhig in dem kleinen Raum um. Was bedeutete es, das Leben von Metall und Kunststoff? Plötzlich befanden sie sich im Inneren eines *Lebewesens*, in dessen Magen, wie Jona im Inneren des Wals.

Es war am Leben gewesen und hatte mit ihnen gesprochen, ruhig und rational, während es sie immer schneller in den Weltraum trieb. Der Wandlautsprecher und der Schaltkreis waren zu Stimmbändern und Mund geworden, die Verkabelung zu Rückenmark und Nerven, die Luken und Relais und Leistungsschalter zu Muskeln.

Sie waren hilflos gewesen, völlig hilflos. Das Schiff hatte ihnen in einer kurzen Sekunde ihre Macht gestohlen und sie wehrlos zurückgelassen, praktisch seiner Gnade ausgeliefert. Es war nicht richtig; es machte ihn unruhig. Sein ganzes Leben lang hatte er Maschinen kontrolliert, die Natur und die Naturkräfte den Menschen und deren Bedürfnissen angepasst. Die Menschheit hatte sich langsam weiterentwickelt, bis sie in der Lage war, Dinge so zu steuern, wie sie es für richtig hielten. Jetzt war es auf einmal wieder die Leiter hinuntergestürzt, niedergeworfen vor einer Macht, gegen die sie Kinder waren.

Kramer stand auf. Er zog seinen Bademantel an und machte sich auf die Suche nach einer Zigarette. Während er suchte, klingelte das Videotelefon.

Er schaltete das Videotelefon ein.

"Ja?"

Das Gesicht des unmittelbaren Monitors erschien. „Ein Anruf von Terra, Mr. Kramer. Ein Notruf."

"Notruf? Für mich? Setzen Sie es durch." Kramer erwachte und strich sich die Haare aus den Augen. Er war alarmiert.

Aus dem Lautsprecher kam eine seltsame Stimme. „Philip Kramer? Ist das Kramer?"

"Ja. Mach weiter."

„Das ist das General Hospital, New York City, Terra. Herr Kramer, Ihre Frau ist hier. Sie wurde bei einem Unfall lebensgefährlich verletzt. Ihr Name wurde uns zum Aufruf gegeben. Ist es für Sie möglich —"

"Wie sehr?" Kramer packte den Videotelefonständer. "Ist es ernst?"

„Ja, es ist ernst, Herr Kramer. Können Sie hierher kommen? Je schneller du kommen kannst, desto besser."

"Ja." Kramer nickte. "Ich werde kommen. Danke."

DER Bildschirm ging aus, da die Verbindung unterbrochen wurde. Kramer wartete einen Moment. Dann tippte er auf den Knopf. Der Bildschirm leuchtete wieder auf. „Ja, Sir", sagte der Monitor.

„Kann ich sofort ein Schiff nach Terra bringen? Es ist ein Notfall. Meine Frau-"

„Acht Stunden lang verlässt kein Schiff den Mond. Du musst bis zur nächsten Stunde warten."

„Gibt es nichts, was ich tun kann?"

„Wir können eine allgemeine Anfrage an alle Schiffe senden, die dieses Gebiet passieren. Manchmal kommen hier Kreuzer vorbei, die zur Reparatur nach Terra zurückkehren."

„Wirst du das für mich übertragen? Ich komme auf das Feld."

"Jawohl. Aber möglicherweise ist für eine Weile kein Schiff in der Gegend. Es ist ein Glücksspiel." Der Bildschirm ist gestorben.

Kramer zog sich schnell an. Er zog seinen Mantel an und eilte zum Aufzug. Einen Moment später rannte er durch die allgemeine Empfangshalle, vorbei an den Reihen leerer Schreibtische und Konferenztische. An der Tür traten die Wachen beiseite und er ging nach draußen, auf die großen Betonstufen.

Das Gesicht des Mondes lag im Schatten. Unter ihm erstreckte sich das Feld in völliger Dunkelheit, eine schwarze Leere, endlos, ohne Form. Er ging vorsichtig die Stufen hinunter und entlang der Rampe am Feldrand zum Kontrollturm. Eine schwache Reihe roter Lichter zeigte ihm den Weg.

Zwei Soldaten forderten ihn am Fuße des Turms heraus, sie standen im Schatten und hatten ihre Waffen im Anschlag.

„Kramer?"

"Ja." Ein Licht blitzte in seinem Gesicht auf.

„Ihr Anruf wurde bereits verschickt."

"Etwas Glück?" fragte Kramer.

„In der Nähe ist ein Kreuzer, der Kontakt mit uns aufgenommen hat. Es hat einen verletzten Jet und bewegt sich langsam zurück in Richtung Terra, weg von der Linie."

"Gut." Kramer nickte und eine Welle der Erleichterung durchströmte ihn. Er zündete sich eine Zigarette an und gab jedem der Soldaten eine. Die Soldaten leuchteten auf.

„Sir", fragte einer von ihnen, „stimmt das mit dem Versuchsschiff?"

"Wie meinst du das?"

„Es wurde lebendig und rannte davon?"

„Nein, nicht ganz", sagte Kramer. „Anstelle der Johnson-Einheiten gab es ein neuartiges Steuerungssystem. Es wurde nicht richtig getestet."

„Aber Sir, einer der Kreuzer, der dort war, kam ihm nahe, und ein Kumpel von mir meinte, dieses Schiff habe sich komisch verhalten. So etwas hat er noch nie gesehen. Es war wie damals, als er einmal auf Terra im US-Bundesstaat Washington angelte und Barsche fischte. Die Fische waren schlau und gingen hierhin und dorthin …“

„Hier ist Ihr Kreuzer“, sagte der andere Soldat. "Sehen!"

Eine riesige, vage Gestalt ließ sich langsam auf dem Feld nieder. Sie konnten nichts außer der Reihe winziger grüner Scheuklappen erkennen. Kramer starrte auf die Gestalt.

„Beeilen Sie sich besser, Sir“, sagten die Soldaten. „Sie bleiben nicht lange hier.“

"Danke." Kramer lief über das Feld, auf die schwarze Gestalt zu, die sich über ihm erhob und sich über die gesamte Breite des Feldes erstreckte. Die Rampe war von der Seite des Streifenwagens heruntergefahren und er hielt sie fest. Die Rampe hob sich, und einen Moment später befand sich Kramer im Laderaum des Schiffes. Die Luke glitt hinter ihm zu.

Als er die Treppe zum Hauptdeck hinaufstieg, dröhnten die Turbinen vom Mond in den Weltraum.

Kramer öffnete die Tür zum Hauptdeck. Er blieb plötzlich stehen und blickte sich überrascht um. Es war niemand zu sehen. Das Schiff war verlassen.

„Guter Gott“, sagte er. Die Erkenntnis überkam ihn und betäubte ihn. Er setzte sich auf eine Bank, sein Kopf schwamm. "Guter Gott."

Das Schiff raste in den Weltraum hinaus und ließ den Mond und Terra jeden Moment weiter zurück.

Und er konnte nichts tun.

„ Sie waren es ALSO , die den Anruf durchgestellt haben“, sagte er schließlich. „Sie haben mich über das Videotelefon angerufen, nicht irgendein Krankenhaus auf Terra. Es war alles Teil des Plans.“ Er schaute nach oben und um sich herum. „Und Dolores ist wirklich –“

„Ihrer Frau geht es gut“, sagte der Wandlautsprecher über ihm tonlos. „Es war Betrug. Es tut mir leid, dich auf diese Weise auszutricksen, Philip, aber das war alles, woran ich denken konnte. Ein weiterer Tag und du wärst wieder auf Terra. Ich möchte nicht länger als nötig in diesem Bereich bleiben. Sie waren so sicher, mich im Weltraum zu finden, dass ich ohne allzu große

Gefahr hier bleiben konnte. Aber selbst der entwendete Brief wurde schließlich gefunden."

Kramer rauchte nervös seine Zigarette. "Was werden Sie tun? Wohin gehen wir?"

„Zuerst möchte ich mit dir reden. Ich habe viele Dinge zu besprechen. Ich war sehr enttäuscht, als du mich zusammen mit den anderen verlassen hast. Ich hatte gehofft, dass du bleiben würdest." Die trockene Stimme kicherte. „Erinnerst du dich, wie wir früher geredet haben, du und ich? Das ist eine lange Zeit her."

Das Schiff gewann an Geschwindigkeit. Es stürzte mit enormer Geschwindigkeit durch den Raum, raste durch den letzten Teil der Verteidigungszone und hinaus. Ein Anflug von Übelkeit veranlasste Kramer, sich für einen Moment nach vorne zu beugen.

Als er sich wieder aufrichtete, fuhr die Stimme von der Wand fort: „Es tut mir leid, dass ich es so schnell angehen muss, aber wir sind immer noch in Gefahr." Noch ein paar Augenblicke und wir sind frei."

„Wie wäre es mit igitt Schiffen? Sind sie nicht hier draußen?"

„Ich bin schon von einigen davon abgewichen. Sie sind ziemlich neugierig auf mich."

"Neugierig?"

„Sie spüren, dass ich anders bin, eher wie ihre eigenen Bio-Minen. Es gefällt ihnen nicht. Ich glaube, dass sie sich bald aus diesem Gebiet zurückziehen werden. Anscheinend wollen sie sich nicht auf mich einlassen. Sie sind eine seltsame Rasse, Philip. Ich hätte sie gerne genau studiert und versucht, etwas über sie herauszufinden. Ich bin der Meinung, dass sie kein inertes Material verwenden. Alle ihre Geräte und Instrumente sind in irgendeiner Form lebendig. Sie konstruieren oder bauen überhaupt nicht. Die Idee des *Machens* ist ihnen fremd. Sie nutzen bestehende Formen. Sogar ihre Schiffe —"

"Wohin gehen wir?" sagte Kramer. „Ich möchte wissen, wohin du mich bringst."

„Ehrlich gesagt bin ich mir nicht sicher."

„Du bist nicht sicher?"

„Einige Details habe ich noch nicht geklärt. Es gibt immer noch ein paar vage Stellen in meinem Programm. Aber ich denke, dass ich sie bald ausgebügelt haben werde."

„Was ist Ihr Programm?" sagte Kramer.

„Es ist wirklich ganz einfach. Aber möchten Sie nicht in den Kontrollraum kommen und sitzen? Die Sitze sind viel bequemer als die Metallbank."

Kramer ging in den Kontrollraum und setzte sich an die Kontrolltafel. Beim Anblick des nutzlosen Geräts fühlte er sich seltsam.

"Was ist los?" Der Lautsprecher über der Tafel krächzte.

KRAMER gestikulierte hilflos. „Ich bin – machtlos. Ich kann nichts tun. Und es gefällt mir nicht. Gibst du mir die Schuld?"

"NEIN. Nein, ich gebe dir keine Vorwürfe. Aber Sie werden bald die Kontrolle zurückbekommen. Mach dir keine Sorge. Dies ist nur eine vorübergehende Lösung, die Sie auf diesen Weg bringt. Daran habe ich nicht gedacht. Ich habe vergessen, dass der Befehl gegeben würde, mich sofort zu erschießen."

„Es war die Idee von Gross."

„Das bezweifle ich nicht. Meine Vorstellung, mein Plan kam mir, als Sie an diesem Tag bei mir zu Hause begannen, Ihr Projekt zu beschreiben. Ich sah sofort, dass du falsch lagst; Ihr habt überhaupt kein Verständnis für den Geist. Mir wurde klar, dass die Übertragung eines menschlichen Gehirns von einem organischen Körper auf ein komplexes künstliches Raumschiff nicht mit dem Verlust der Intellektualisierungsfähigkeit des Geistes einhergehen würde. Wenn ein Mann denkt, *ist er*.

„Als mir das klar wurde, sah ich die Möglichkeit, dass ein uralter Traum wahr werden könnte. Ich war ziemlich alt, als ich dich zum ersten Mal traf, Philip. Schon damals war meine Lebensspanne so gut wie zu Ende. Ich konnte nur auf den Tod blicken und damit auf das Aussterben all meiner Ideen. Ich hatte der Welt keine Spuren hinterlassen, überhaupt keine. Einer nach dem anderen gingen meine Studenten von mir in die Welt, um im großen Forschungsprojekt, der Suche nach besseren und größeren Kriegswaffen, zu arbeiten.

„Die Welt kämpft schon lange, zuerst mit sich selbst, dann mit den Marsmenschen, dann mit diesen Wesen aus Proxima Centauri, von denen wir nichts wissen. Die menschliche Gesellschaft hat den Krieg als kulturelle Institution entwickelt, wie die Wissenschaft der Astronomie oder die Mathematik. Krieg ist ein Teil unseres Lebens, eine Karriere, eine angesehene Berufung. Aufgeweckte, wachsame junge Männer und Frauen bewegen sich hinein und legen ihre Schultern ans Steuer, wie sie es zur Zeit Nebukadnezars taten. Das war schon immer so.

„Aber ist es dem Menschen angeboren? Das glaube ich nicht. Kein gesellschaftlicher Brauch ist angeboren. Es gab viele menschliche Gruppen, die nicht in den Krieg zogen; Die Eskimos haben die Idee überhaupt nicht begriffen, und die Indianer haben sie nie gut angenommen.

„Aber diese Andersdenkenden wurden ausgelöscht und ein kulturelles Muster etablierte sich, das zum Standard für den gesamten Planeten wurde. Mittlerweile ist es tief in uns verankert.

„Aber wenn irgendwo auf der Strecke eine andere Möglichkeit zur Lösung von Problemen aufgetreten wäre und sich durchgesetzt hätte, dann etwas anderes als die Ansammlung von Männern und Material, um …"

"Was ist Ihr Plan?" sagte Kramer. „Ich kenne die Theorie. Es war Teil einer Ihrer Vorlesungen."

„Ja, soweit ich mich erinnere, in einer Vorlesung über Pflanzenauswahl vergraben. Als Sie mit diesem Vorschlag zu mir kamen, wurde mir klar, dass meine Vorstellung vielleicht doch in die Tat umgesetzt werden könnte. Wenn meine Theorie richtig wäre, dass Krieg nur eine Gewohnheit und kein Instinkt ist, könnte sich eine Gesellschaft, die außerhalb von Terra mit einem Minimum an kulturellen Wurzeln aufgebaut wird, anders entwickeln. Wenn es unsere Sichtweise nicht berücksichtigen würde, wenn es auf einem anderen Fuß beginnen könnte, würde es möglicherweise nicht an demselben Punkt ankommen, an dem wir angekommen sind: einer Sackgasse, in der nichts als immer größere Kriege in Sicht sind, bis nichts mehr übrig bleibt überall Ruin und Zerstörung.

„Natürlich müsste es zunächst einen Beobachter geben, der das Experiment leitet. Eine Krise würde zweifellos sehr schnell kommen, wahrscheinlich in der zweiten Generation. Kain würde fast sofort aufstehen.

„Sehen Sie, Kramer, ich schätze, wenn ich die meiste Zeit in Ruhe bleibe, auf einem kleinen Planeten oder Mond, kann ich vielleicht fast hundert Jahre lang funktionsfähig bleiben. Das wäre genug Zeit, um die Richtung der neuen Kolonie zu erkennen. Danach – nun ja, danach lag es an der Kolonie selbst.

„Was natürlich auch gut so ist. Der Mensch muss irgendwann selbst die Kontrolle übernehmen. Hundert Jahre, und danach werden sie ihr eigenes Schicksal in der Hand haben. Vielleicht irre ich mich, vielleicht ist Krieg mehr als eine Gewohnheit. Vielleicht ist es ein Gesetz des Universums, dass Dinge nur durch Gruppengewalt als Gruppe überleben können.

„Aber ich gehe das Risiko ein, dass es nur eine Gewohnheit ist, dass ich Recht habe, dass Krieg etwas ist, an das wir so gewöhnt sind, dass wir nicht erkennen, dass es eine sehr unnatürliche Sache ist. Nun zum Ort! Da bin ich noch etwas vage. Wir müssen den Ort noch finden.

„Das ist es, was wir jetzt tun. Sie und ich werden ein paar Systeme abseits der ausgetretenen Pfade inspizieren, Planeten, auf denen die Handelsaussichten gering genug sind, um terranische Schiffe fernzuhalten. Ich kenne einen Planeten, der ein guter Ort sein könnte. Es wurde von der Fairchild Expedition in ihrem Originalhandbuch berichtet. Vielleicht prüfen wir das zunächst einmal."

Das Schiff war still.

KRAMER saß eine Weile da und starrte auf den Metallboden unter ihm. Der Boden vibrierte dumpf unter der Bewegung der Turbinen. Endlich blickte er auf.

"Du hast vielleicht recht. Vielleicht ist unsere Einstellung nur eine Gewohnheit." Kramer stand auf. „Aber ich frage mich, ob Ihnen etwas eingefallen ist?"

"Was ist das?"

„Wenn es eine so tief verwurzelte Gewohnheit ist, die Jahrtausende zurückreicht, wie wollen Sie dann Ihre Kolonisten dazu bringen, den Durchbruch zu schaffen und Terra und die terranischen Bräuche zu verlassen? Wie wäre es mit *dieser* Generation, den ersten, den Menschen, die die Kolonie gegründet haben? Ich denke, Sie haben Recht, dass die nächste Generation von all dem frei wäre, wenn es eine –" Er grinste. „– Ein alter Mann oben, der ihnen stattdessen etwas anderes beibringt."

Kramer blickte zum Wandlautsprecher auf. „Wie wollen Sie die Menschen dazu bringen, Terra zu verlassen und mit Ihnen zu kommen, wenn Ihrer eigenen Theorie zufolge diese Generation nicht gerettet werden kann, dann muss alles mit der nächsten beginnen?"

Der Wandlautsprecher war still. Dann erklang ein leises, trockenes Lachen.

„Ich bin überrascht über dich, Philip. Siedler können gefunden werden. Wir werden nicht viele brauchen, nur ein paar." Der Sprecher lachte erneut. „Ich werde Ihnen meine Lösung vorstellen."

Am anderen Ende des Korridors glitt eine Tür auf. Es gab ein Geräusch, ein zögerndes Geräusch. Kramer drehte sich um.

„Dolores!"

Dolores Kramer stand unsicher da und blickte in den Kontrollraum. Sie blinzelte erstaunt. „Phil! Was machst du hier? Was ist los?"

Sie starrten einander an.

"Was passiert?" Sagte Dolores. „Ich habe einen Videoanruf erhalten, dass Sie bei einer Mondexplosion verletzt wurden …“

Der Wandlautsprecher erwachte krächzend zum Leben. „Siehst du, Philip, das Problem ist bereits gelöst. Wir brauchen nicht wirklich so viele Leute; sogar ein einzelnes Paar könnte es tun.“

Kramer nickte langsam. „Ich verstehe“, murmelte er schwer. „Nur ein Paar. Ein Mann und eine Frau.“

„Sie könnten alles wieder in Ordnung bringen, wenn es jemanden gäbe, der aufpasst und dafür sorgt, dass die Dinge so laufen, wie sie sollten. Es wird eine ganze Menge Dinge geben, bei denen ich dir helfen kann, Philip. Schon ein paar. Wir werden uns sehr gut verstehen, denke ich.“

Kramer grinste schief. „Sie könnten uns sogar helfen, den Tieren Namen zu geben“, sagte er. „Ich verstehe, dass das der erste Schritt ist.“

„Das würde ich gern tun“, sagte die tonlose, unpersönliche Stimme. „Soweit ich mich erinnere, wird es meine Aufgabe sein, sie einzeln zu Ihnen zu bringen. Dann können Sie die eigentliche Benennung vornehmen.“

„Ich verstehe nicht“, stockte Dolores. „Was meint er, Phil? Tiere benennen. Was für Tiere? Wohin gehen wir?"

Kramer ging langsam zum Hafen hinüber und starrte schweigend hinaus, die Arme verschränkt. Hinter dem Schiff schimmerten unzählige Lichtfragmente, unzählige Kohlen glühten in der dunklen Leere. Sterne, Sonnen, Systeme. Endlos, ohne Zahl. Ein Universum aus Welten. Eine Unendlichkeit von Planeten, die auf sie warten und aus der Dunkelheit leuchten und blinken.

Er drehte sich um, weg vom Hafen. "Wohin gehen wir?" Er lächelte seine Frau an, die nervös und verängstigt dastand, ihre großen Augen voller Besorgnis. „Ich weiß nicht, wohin wir gehen“, sagte er. „Aber irgendwie scheint das im Moment nicht allzu wichtig zu sein…. Ich fange an, den Standpunkt des Professors zu verstehen, es ist das Ergebnis, das zählt.“

Und zum ersten Mal seit vielen Monaten legte er seinen Arm um Dolores. Zuerst versteifte sie sich, der Schrecken und die Nervosität standen noch immer in ihren Augen. Doch dann entspannte sie sich plötzlich an ihm und Tränen liefen ihr über die Wangen.

„Phil … denkst du wirklich, dass wir noch einmal von vorne anfangen können – du und ich?“

Er küsste sie zärtlich, dann leidenschaftlich.

Und das Raumschiff schoss schnell durch die endlose, spurlose Ewigkeit der Leere….

www.ingramcontent.com/pod-product-compliance
Lightning Source LLC
LaVergne TN
LVHW091140180726
843490LV00008B/3112